風が遊びにきている

花のうた 野菜《やさい》のうた

JUNIOR POEM SERIES

松井《まつい》 節子《せつこ》 詩集

阿見《あみ》みどり 絵

もくじ

花の章

野菜《やさい》の章

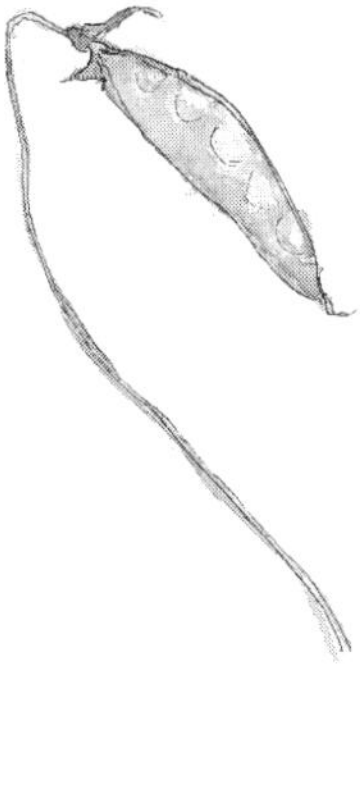

花の章

節分草《せつぶんそう》

豆をぶっつけられて
逃《に》げだした鬼《おに》たちの行く先は
山すその林の中
鬼たちは座《すわ》りこむと
さめざめと泣《な》きました
——もう　悪さはいたしません
——きっと　心をいれかえます

まっさらになった心の数だけ
小さな白い花が咲《さ》きました
落葉《おちば》を押《お》し分《わ》け
たくましく　ひっそりと
よりそって咲いています

白梅《はくばい》

春になると
近くから遠くから
わたしをたずねて
たくさんのお客さまがいらっしゃいます

それで　わたしは
みはらしの良い枝《えだ》の上に
ふわっとした白い花ぶとんを

何枚《なんまい》も用意《ようい》して
お客さまをお待ちしています

ヒヤシンス

青　桃《もも》　白　黄
色とりどりの髪《かみ》をくるくるカールさせて
おしゃれなマドモアゼルたち
おやおや
もんしろちょうの帽子《ぼうし》に
てんとう虫のブローチまでつけて

春の光の中
今から　パーティがはじまるのですか

紫《むらさき》もくれん

深《ふか》いねむりから目をさますと
もう　春はきていた

冬枯《ふゆが》れで青ざめた木肌《きはだ》はやせこけて
まるで　魔女《まじょ》のようだ

それでも楽しげに
つんつんと伸《の》びた枝先《えださき》に

一本ずつ丁寧《ていねい》に
紫のマニキュアをぬっていく
しっとりと気品《きひん》のある深い色

それから
彩《いろど》られた指先《ゆびさき》をいっせいに天にむけると
呪文《じゅもん》をとなえる
たちまち　まるみをおびて広がっていく
紫の花
暖《あたた》かな春の日だまりの中に

からたち

「いたいの　いたいの　とんでいけー」
ってとばされた
いたいいたいはどこへいったの

とばされたいたいいたいはね
からたちの母《かあ》さんのところへいくの
あっちからもこっちからもとばされた
いたいいたいをみんないっしょに
だきとめるの

ほら
きょうもかきねのからたちの枝《えだ》に
やわらかいとげが生まれているよ

日日草《にちにちそう》

若《わか》いお母《かあ》さんが
腕《うで》の中の赤ちゃんをのぞきこむ
(まつげがずいぶん長くなって
ほっぺがきのうよりふっくらしてきたわ)

お母さんは赤ちゃんをだきしめて
軽《かろ》やかにワルツをおどる
夕餉《ゆうげ》の支度《したく》もととのった
キッチンルームで

前に　うしろに
右に　左に

夕やみにつつまれたベランダで
鉢《はち》うえの日日草が
今日《きょう》の色をとじて
明日《あした》の花のかたちをととのえている

あやめ

野外《やがい》音楽ホールの横の空地《あきち》で
出番《でばん》をまっています

緑色のケープでおおった
おそろいの紫《むらさき》色のドレスです

そっと息をととのえて
さやさやと体をよせあっています

季節《きせつ》のタクトがおろされました
準備《じゅんび》はできましたか

あじさい

水色のセーラー服を着て
ひとかたまりになり
はしゃいでいる

「ねえ　ねえ
わたし似《に》合《あ》ってて？」

「とっても
ほらみんながふりかえって
わたしたちを見ていくわ」

衣《ころも》がえの六月は
少女たちの鼓動《こどう》が
まあるくなって
雨あがりの空へのぼっていく

どくだみ

そこはきっと
サナトリウムです

はあと型《がた》の
いくつもの部屋《へや》から
くすりの匂《にお》いがただよっています
(傷《きず》ついた虫たちが
身をよこたえているにちがいない)

白い帽子《ぼうし》の看護師《かんごし》さんが
あちこちで立ち働いています

夏のはじめ
しんとした昼さがり
お日さまはとくべつやわらかい光を
みどりの病棟《びょうとう》にそそがれます

きんせん花

あぜ道をいっしんにかけて
夕ごはんを知らせにいく
ばあちゃんの畑まで

腰《こし》をのばして汗《あせ》をぬぐいながら
畑からあがってくるばあちゃんの手に
四・五本のだいだい色の花
「仏《ほとけ》さまのおかざりやさかい大事《だいじ》にのう」

ふしくれだった手から
小さな手に渡《わた》されたお日さまのような花

あぜ道を
ばあちゃんと並《なら》んで帰るうれしさに
スキップをすると胸《むね》もとで花もおどる

わたしが一番早くおぼえた
花の名前は
きんせん花

鶏頭《けいとう》

夏がおとしていった赤い端《はし》ぎれで
ぼうしを作りました
フリルを重ねあわせて
ゆったりとしています
風がさわっていくたびに
濃《こ》い赤になったり
淡《あわ》いピンクになったりするのです

きょうのぼうしの色は
きょうの夕焼《ゆうや》けの色と同じです

桔梗《ききょう》

うす紫《むらさき》の夕暮《ゆうぐ》れが
一輪《いちりん》の花になって咲《さ》いている

夕暮れの奥《おく》には
ひとつの白い星が静《しず》まりかえっている

やがて
花は闇《やみ》にまぎれて
星は空に帰っていく

にらの花

うららかな春の日
やわらかいみどりの葉は
摘《つ》みとられ束《たば》ねられた
急に空がひろくなった畑のすみで
とりのこされた葉たちは
たよりなげに体をよせあっている

夏のあつい日照《ひで》りのなか

しっかり育った花茎《かけい》は
青い天にむかって何本も伸《の》びていた

秋のはじめの宵《よい》まつり
にらの葉は
花茎のてっぺんに
白い小花をパチパチ咲《さ》かせた
過ぎてきた月日をおもいだしながら
笑《わら》いあいながら
摘みとられた葉の分まで
パチパチと白い線香《せんこう》花火をはじかせた

おみなえし

きいろい小花を集めた扇《おうぎ》をかざして
「やあ　やあ」
と　舞《まい》をまっています

いくつもの扇が
夏枯《なつが》れの野に
高く低くゆらめいています

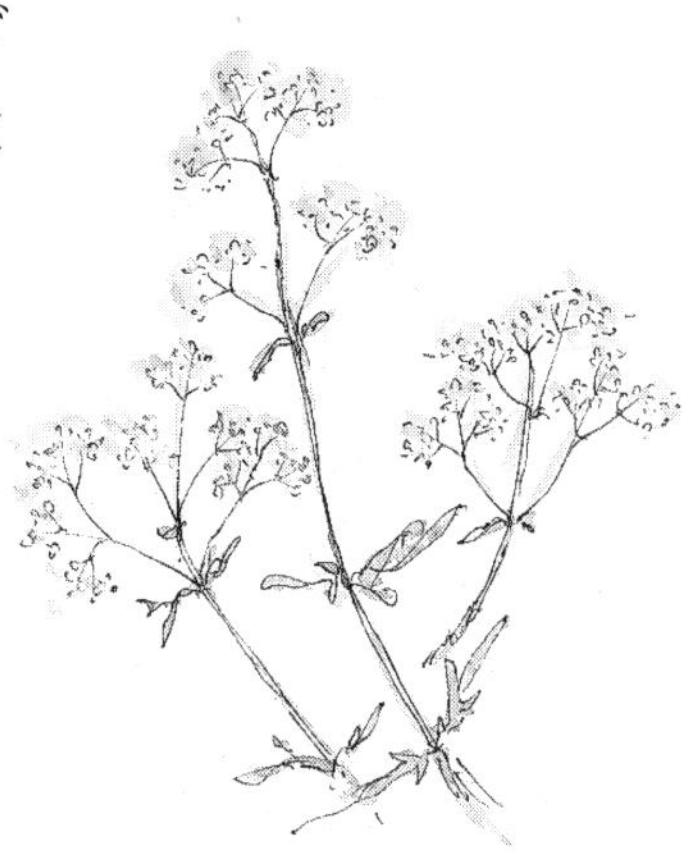

訪《おとず》れてくる季節《きせつ》をむかえるために
伝《つた》えられた儀式《ぎしき》を
ひそやかに厳《おごそ》かに舞《ま》っています

コスモス

風が遊びにきている
お土産話《みやげばなし》を持って

ふんふん　うなずいたり
さらさら　ささやきあったり
ゆらゆら　笑《わら》いころげたり
しいんとしずまりかえったり
……

風が帰っていく
コスモス色に染《そ》まりながら

野菜《やさい》の章

ふきのとう

春がそっとのぞきにくる
わかみどり色の
ふっくらとした赤ちゃんを
冬がまたもどってきた
わかみどり色の
うすいおくるみをゆさぶりに

春と冬が
少しのあいだダンスをする
目《め》覚《ざ》めたばかりの赤ちゃんのまわりで

わらび

わらびたちが
あみものをしている
ひかりをすくいとりながら

ふとめのかぎばりで
すんすんとあんでいく
あふれるおもいをひろげながら

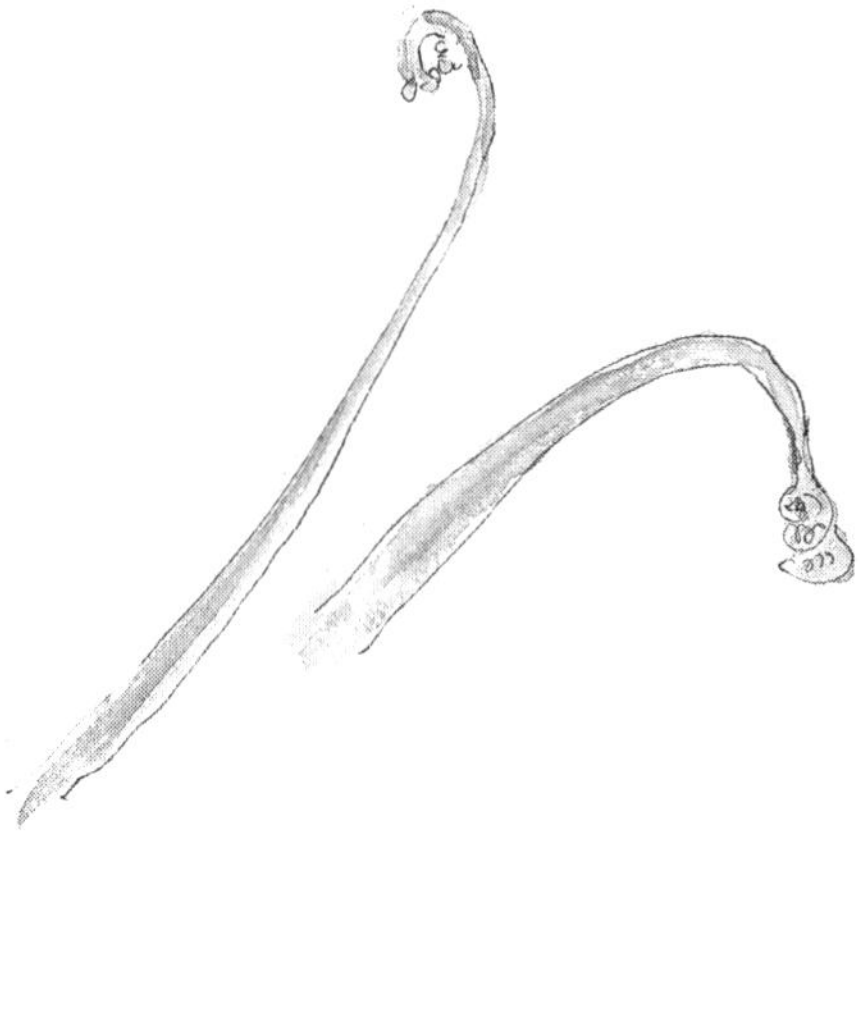

そんなときかもしれない
山のすそ野から空にむかって
だんだんと春めいてくるのは

えんどう

白いリボンをまきちらした
深《ふか》い緑のドレスをきて
楚々《そそ》とたっている

ジューンブライドのようだね
といったら
葉のかげから
クックッと　笑《わら》っている実《み》たち

あっちでも　こっちでも
クックッ　クックッ
小舟《こぶね》のようなさやがはじけそうだ

ほんとうは　まだ
笑い上戸《じょうご》の少女なんだね

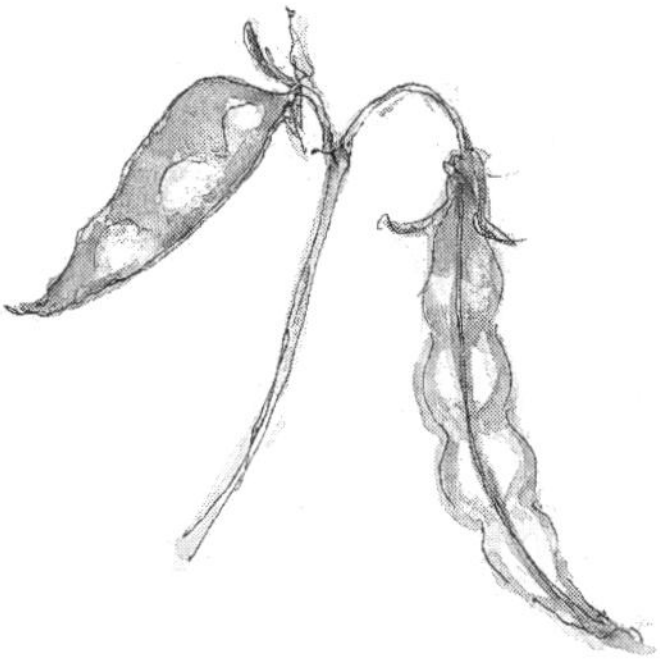

レタス

さわさわと
やわらかいみどりの葉を
何まいも重《かさ》ねて
まあるくふくらんでいるのは

五月の空にむかって
せいいっぱい深呼吸《しんこきゅう》したせいかしら

オクラ

オクラは夢《ゆめ》みている
ロケットになって
空の彼方《かなた》に飛びたつことを

うぶ毛におおわれた
やわらかいさやに
かかえているいっぱいの
白い種子《たね》

それを宇宙《うちゅう》へ飛ばしにいく
オクラが大気《たいき》をつきぬけるとき
みどりの星が闇《やみ》の中を
いくつもいくつも散《ち》らばるだろう

その日を夢みて
オクラはきょうも大空をあおいでいる

トマト

日なたのにおいをさせて
田舎《いなか》からやってきた女の子

キラキラと
あふれてくるものをこらえきれずに

お日さまから届《とど》いたまっ赤《か》な服を
みんなに自慢《じまん》したかったの？

すいか

夏のおじさんがやってきた
まるまるとした大きな体に
みどりと黒のみだれ縞《じま》の
ダンディな装《よそお》い
あれ？
黄いろいポケットチーフは
おきわすれてきたの
ずっしんといばってみえるけれど

すぐにまっ赤になってしまう
はにかみやさん
たっぷりとした水おけの中で
旅《たび》のつかれを休めている

じゃがいも

父《とう》さんのげんこつ
じょうだんまじりのげんこつ
やわらかいげんこつ
笑《わら》っていた

め・

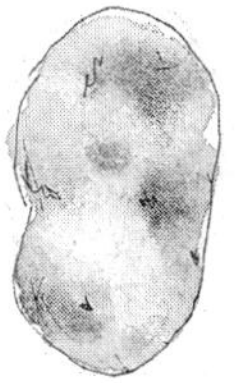

れんこん

れんこんのコーラス聞いたかい
大きい口も小さい口もいっぱいにあけてね
むかしむかしのインド民謡《みんよう》
田んぼののどかな草とり歌
蓮《はす》の花の夢《ゆめ》みるシャンソン

（レパートリーがひろいんだよ）

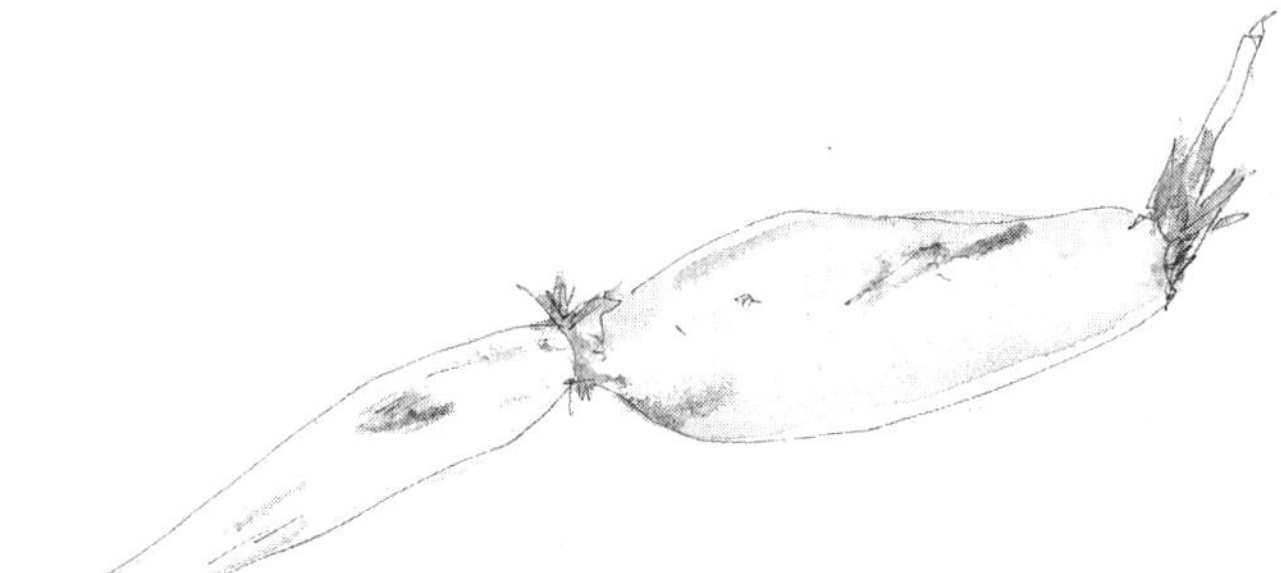

たにしのわらべ歌
あめんぼの円舞曲《えんぶきょく》
さざ波の輪唱《りんしょう》

さきっぽを切ったら
すごいなあ
口をすぼめて
アレンジして歌っている

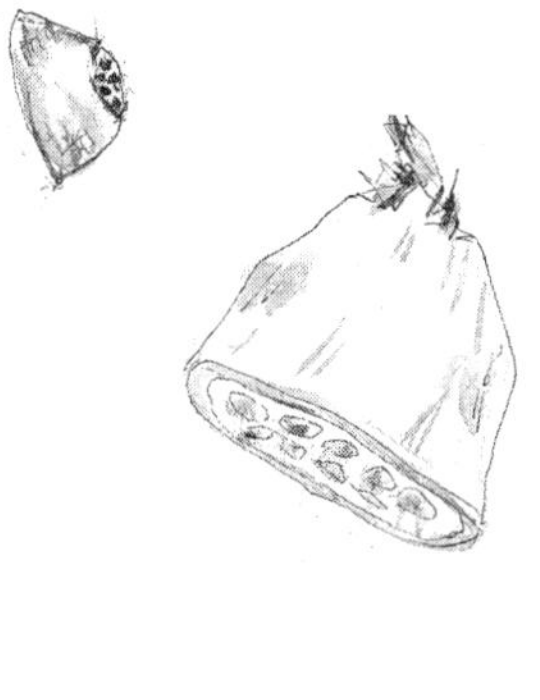

みょうが

「さくらいろに日やけしてげんきそうね」
って　みんながいうから
「じょうぶだけがとりえなの」
と　わらってみせた

ほろ苦《にが》さだけをのこして
いってしまった夏のおもいでを
いっぱい　いっぱい
からだのおくにしまいこみながら

しめじ

いつのまにか
こんな子沢山《こだくさん》になりましたの

大きい子も　小さい子も
太《ふと》めの子も　やせぎみの子も
みんな寄《よ》りそって
元気に成長してくれました

お揃《そろ》いの茶いろのぼうしが
可愛《かわ》いいでしょう

なによりもきっぱりとした
味わいのある性格《せいかく》に育ってくれたことが
自慢《じまん》です

雑木林《ぞうきばやし》のすき間からさしこんでくる
秋のひかりが
この子たちの旅立《たびだ》ちを告《つ》げているようです

唐辛子《とうがらし》

軒下《のきした》につるされて
だんだん色づいていく唐辛子

――もっと辛《から》く
――もっと辛く

熱《あつ》い使命感《しめいかん》が
軒下を赤く染《そ》めて

心をくだいたぶんだけ
黄いろい種《たね》になり
カラカラと響《ひび》いている

白菜《はくさい》

シャキッ　とした性格《せいかく》
トレードマークのちりちり頭
なによりもどっしりとした体
（ダイエットするつもりはありません）
でも　あなたがほめてくれた
みずみずしい感性はもちつづけます

こんな私《わたし》が好きですか

ごぼう

ひげづらで痩身《やせみ》
はげしい個性《こせい》と
まっすぐな意志《いし》
大地の香《かお》りを漂《ただよ》わせて
毅然《きぜん》と立っている

幼《おさな》いころ
頭にかざっていたうす紫《むらさき》の小花を
今はひそかに心に咲《さ》かせて

ほうれん草

たっぷり育ったみどりの葉っぱを
何まいも何まいも
うんうんと
力いっぱいささえている
だから赤い顔をしているんだ

「まあ　やわらかでおいしそうだこと」
「いっぱい食べて　ポパイさんみたいに
ならなきゃね」
そんな会話がきこえてくる

だから赤い顔をしてがんばっているんだ

かぼちゃ

パンプキンなんてよび名は
ごめんだな
土の上にドテッ　とすわっているのが
性《しょう》にあっている
ずんぐり　色黒
おまけに　いかり肩《がた》
こんなぼくがぼくは好《す》きだ
野菜《やさい》畑をのぞきこんで

道草《みちくさ》をして帰っていく少年よ
ここにきて
ぼくと一緒《いっしょ》に寝《ね》っころがって
青空をながめていかないかい

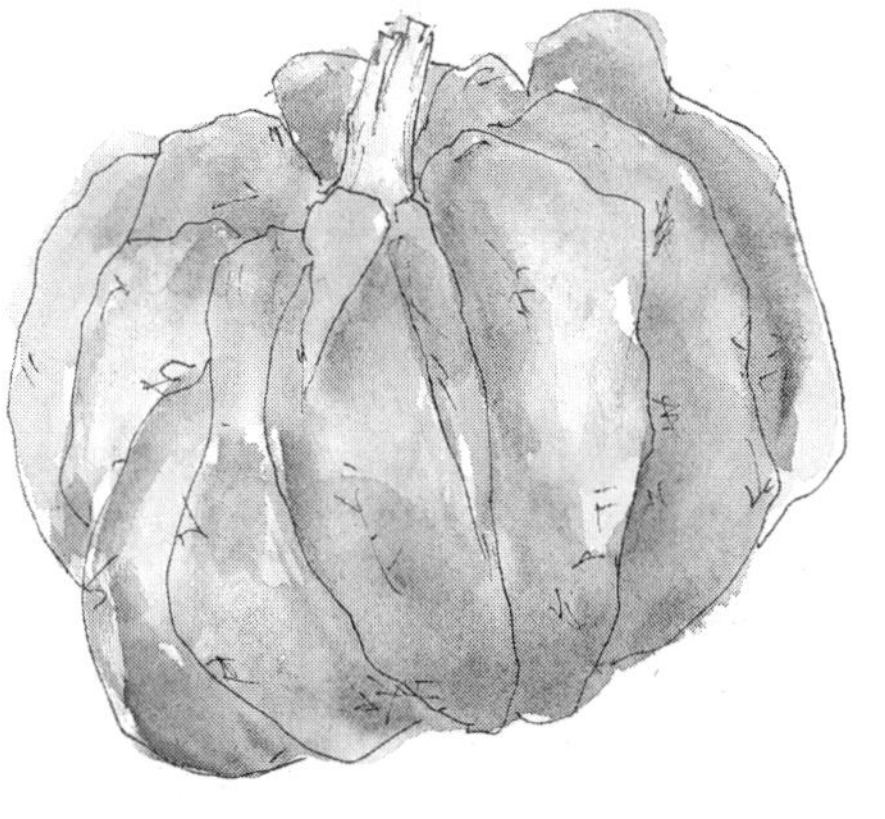

詩集「風が遊びにきている」に寄《よ》せて

～読者のみなさんへ～

ここに登場する花や野菜《やさい》は、「ヒヤシンス」だったり「あじさい」だったり、「トマト」だったり「白菜」だったり、私《わたし》たちにはごく身近なものばかりです。ところが、いつも見慣《みな》れているこれらの花や野菜のひとつひとつに、このようなすてきな物語や秘密《ひみつ》が隠《かく》されていたなんて、まったく驚《おどろ》きの連続ですね。だって、「コスモス」が揺《ゆ》れているのは、「お土産話《みやげばなし》を持った」「風が遊びにきていて」、「うなずいたり」「ささやきあったり」「笑《わら》いころげたり」しているのであり、そうして、やがて風は「コスモス色に染《そ》まりながら」帰っていくというのですから…。このように私たちの気づかなかった花や野菜たちの新たな美しさを、作者はその鋭く、豊かな感性で見出し、そして作者ならではのあたたかいことばで、やさしくうたいあげたのがこの詩集です。作者に褒《ほ》められた花や野菜たちは、まるでみんなにこにこ、きらきら輝《かがや》いています。私たち読者もいつの間にかほのぼのとした感じに包まれて、ついうれしくなってきます。詩を読む楽しみはこういうところにあるのですね。私たちも作者にならって、身の回りの花や野菜を、やさしい気持ちになって見直してみようではありませんか。

平成十八年五月吉日

藤井　則行
詩人・ふくい児童文学会代表

あとがき

たどたどしい足どりで詩を作りはじめて、十年余りの歳月《さいげつ》が流れました。

ようやく、一冊の詩集としてまとめることができました。

主に、植物詩を書いてきました。

花や野菜《やさい》と向きあっているときや、少し遠出をして野辺《のべ》の花に会いにいったときなど、平和な安らぎの中にいることができました。

自然に抱かれて共に生きている日々《ひび》の大切さを、しみじみと実感するのです。植物たちとひそかに交信できたのは、そんなときかも知れません。

ささやかな詩集ですが、これを区切りとして、また新しい気持ちで書き続けていきたいと思っています。

長い年月を、いつも温かくご指導《しどう》くださいました藤井則行先生には、感謝の気持ちで一杯でございます。

出版にあたり、素敵《すてき》な絵を描いてくださいました画家の阿見みどり様、お力添えを頂いた銀の鈴社の西野真由美様はじめスタッフの皆様、ほんとうに有難とうございました。

最後になりましたが、いつも応援《おうえん》してくださる「ぱらぽっぽ」同人の皆様に心よりお礼申し上げます。

二〇〇六年初夏

松井　節子

詩・松井節子（まつい　せつこ）
1940年福島県生まれ
「しゃしゃん坊」にて第3回新美南吉童話賞佳作入選
「さみしい手品師」にて第10回ニッサン童話と絵本のグランプリ優秀賞
共著に「ふるさとはせせらぎの音」（県別ふるさと童話館）
　　　「福井の童話」リブリオ出版
日本児童文学者協会会員
ふくい児童文学会会員
福井県福井市在住

絵・阿見みどり（あみ　みどり）
1937年長野県飯田生まれ。学齢期は東京自由ヶ丘から疎開し、有明海の海辺の村や、茨城県霞ヶ浦湖畔の阿見町で過ごす。都立白鴎高校を経て東京女子大学国語科卒業。卒業論文は「万葉集の植物考」。日本画家長谷川朝風（院展特待）に師事する。神奈川県鎌倉市在住。野の花画家。

NDC911
東京　銀の鈴社　2006
76頁 21cm（風が遊びにきている）

ジュニアポエム　シリーズ　180
2006年 8 月10日初版発行
本体1,200円＋税

風が遊びにきている

著　　者　松井節子© 阿見みどり・絵©
シリーズ企画　㈱教育出版センター
発行者　西野真由美
編集発行　㈱銀の鈴社 TEL 03-5524-5606　FAX 03-5524-5607
〒104-0061　東京都中央区銀座1-5-13-4F
http://www.ginsuzu.com
E-mail book@ginsuzu.com

ISBN4−87786−180−7 C8092
落丁・乱丁本はお取り替え致します
印　刷　電算印刷
製　本　渋谷文泉閣

…ジュニアポエムシリーズ…

1 鈴木敏史詩集 宮下琢郎・絵 星の美しい村 ★☆
2 小池知子詩集 高志孝子・絵 おにわいっぱいぼくのなまえ ★☆
3 鶴岡千代子詩集 武田淑子・絵 白い虹 児文芸新人賞
4 楠木しげお詩集 久保雅勇・絵 カワウソの帽子
5 津坂治男詩集 垣内美穂・絵 大きくなったら ★
6 後藤れい子詩集 山本まつ子・絵 あくたれぼうずのかぞえうた
7 北村蔦子詩集 柿本幸造・絵 あかちんらくがき
8 吉田瑞穂詩集 吉田翠・絵 しおまねきと少年 ⊠★◎
9 新川和江詩集 葉祥明・絵 野のまつり ★☆
10 阪田寛夫詩集 織茂恭子・絵 夕方のにおい ◆★☆○
11 高田敏子詩集 若山憲・絵 枯れ葉と星 ★☆
12 原田直友詩集 吉田翠・絵 スイッチョの歌 ★◎
13 小林純一詩集 久保雅勇・絵 茂作じいさん ◉★☆●◎
14 谷川俊太郎詩集 長新太・絵 地球へのピクニック ★◎
15 与田準一詩集 深沢省三・深沢紅子・絵 ゆめみることば ★

16 岸田衿子詩集 中谷千代子・絵 だれもいそがない村
17 江間章子詩集 榊原直美・絵 水と風 ◇◎
18 原田直友詩集 小野まり・絵 虹―村の風景― ★
19 福田正夫詩集 福田達夫・絵 星の輝く海 ★☆
20 草野心平詩集 長野ヒデ子・絵 げんげと蛙 ★☆○◇
21 宮田滋子詩集 青木まさる・絵 手紙のおうち ☆○
22 久保田昭三詩集 斎藤彬子・絵 のはらでさきたい
23 鶴岡千代子詩集 加倉井和夫・武田淑子・絵 白いクジャク ★●
24 尾上尚子詩集 まど・みちお・絵 そらいろのビー玉 児文協新人賞★☆
25 水上紅詩集 深沢紅子・絵 私のすばる ☆
26 野呂昶詩集 福島一二三・絵 おとのかだん ★
27 こやま峰子詩集 武田淑子・絵 さんかくじょうぎ ☆
28 青戸かいち詩集 駒宮録郎・絵 ぞうの子だって
29 まきたかし詩集 福田達夫・絵 いつか君の花咲くとき ★☆♡
30 薩摩忠詩集 駒宮録郎・絵 まっかな秋 ★☆♡

31 新川和江詩集 福島一二三・絵 ヤァ！ヤナギの木 ★☆○♡
32 井上靖詩集 駒宮録郎・絵 シリア沙漠の少年 ★☆♡
33 古村徹三詩集 古村徹三・絵 笑いの神さま
34 江上波夫詩集 青空風太郎・絵 ミスター人類 ○☆
35 秋原秀夫詩集 鈴木義治・絵 風の記憶 ★◎
36 水村三千夫詩集 武田淑子・絵 鳩を飛ばす
37 久冨純江詩集 渡辺安芸夫・絵 風車 クッキングポエム
38 日野生三詩集 吉野晃希男・絵 雲のスフィンクス ★
39 佐藤雅子詩集 佐藤太清・広瀬きよみ・絵 五月の風 ★
40 小黒恵子詩集 武田淑子・絵 モンキーパズル ★
41 木村信子詩集 山本典子・絵 でていった
42 中野栄子詩集 吉田翠・絵 風のうた ☆
43 宮田滋子詩集 牧村慶子・絵 絵をかく夕日 ★
44 大久保ティ子詩集 渡辺安芸夫・絵 はたけの詩 ★☆
45 秋原秀夫詩集 赤星亮衛・絵 ちいさなともだち ♥

☆日本図書館協会選定
★全国学校図書館協議会選定
□少年詩賞　■茨城県すいせん図書
○厚生省中央児童福祉審議会すいせん図書
●日本童謡賞　♧岡山県選定図書
♡日本子どもの本研究会選定
♥秋田県選定図書
♣愛媛県教育会すいせん図書
◇岩手県選定図書
◆京都府選定図書
⊠芸術選奨文部大臣賞
◉赤い鳥文学賞　◆赤い靴賞

…ジュニアポエムシリーズ…

46 日友靖子詩集 藤城清治・安西明美・絵 猫曜日だから ◆☆
47 秋葉てる代詩集 武田淑子・絵 ハープムーンの夜に ♡
48 こやま峰子詩集 山本省三・絵 はじめのいーっぽ ★♡
49 黒柳啓子詩集 金子滋・絵 砂かけ狐 ♡
50 三枝ますみ詩集 武田淑子・絵 ピカソの絵 ☆♡●
51 夢虹二詩集 武田淑子・絵 とんぼの中にぼくがいる ♡○♥
52 はたちよしこ詩集 まど・みちお・絵 レモンの車輪 □
53 大岡信詩集 葉祥明・絵 朝の頌歌 ★☆♡♥◎
54 吉田瑞穂詩集 吉田翠・絵 オホーツク海の月 ★☆♡
55 さとう恭子詩集 村上保・絵 銀のしぶき ★☆♡
56 星乃ミミナ詩集 葉祥明・絵 星空の旅人 ★☆♡
57 葉祥明詩集 葉祥明・絵 ありがとう そよ風 ★♡
58 青戸かいち詩集 初山滋・絵 双葉と風
59 小野ルミ詩集 和田誠・絵 ゆきふるるん ★☆●♡
60 なぐもはるき詩集 なぐもはるき・絵 たったひとりの読者 ★♡

61 小関秀夫詩集 小倉玲子・絵 風《かざ》 栞《しおり》 ★♡♥
62 海沼松世詩集 守下さおり・絵 かげろうのなか ☆♡
63 山本龍生詩集 小倉玲子・絵 春行き一番列車 ♡
64 小泉周二詩集 深沢省三・絵 こもりうた ★☆♡
65 かわてせいぞう詩集 若山憲・絵 野原のなかで ♡★♥
66 えぐちまき詩集 赤星亮衛・絵 ぞうのかばん ♡◆♥
67 池田あきつ詩集 小倉玲子・絵 天気雨 ♡
68 藤井則行詩集 君島美知子・絵 友へ ♡♤
69 藤哲生詩集 武田淑子・絵 秋いっぱい ★♠
70 日友靖子詩集 深沢紅子・絵 花天使を見ましたか ★
71 吉田瑞穂詩集 吉田翠・絵 はるおのかきの木 ★
72 小島禄琅詩集 中村陽子・絵 海を越えた蝶 ★☆♡♥
73 にしおまさこ詩集 杉田幸子・絵 あひるの子 ★
74 山下竹二詩集 徳田徳志芸・絵 レモンの木 ★
75 高崎乃理子詩集 奥山英俊・絵 おかあさんの庭 ★♡

76 檜きみこ詩集 広瀬弦・絵 しっぽいっぽん ★●□☆♡
77 たかはしけいこ詩集 高田三郎・絵 おかあさんのにおい ♡♣□
78 星乃ミミナ詩集 深澤邦朗・絵 花かんむり ♥☆♡
79 佐藤照雄詩集 津波信久・絵 沖縄 風と少年 ☆♡★
80 相馬梅子詩集 やなせたかし・絵 真珠のように ♥★
81 小島禄琅詩集 深沢紅子・絵 地球がすきだ ★
82 鈴木美智子詩集 黒澤梧郎・絵 龍のとぶ村 ◇★♥
83 いがらしれいこ詩集 高田三郎・絵 小さなてのひら ☆
84 宮入黎子詩集 小倉玲子・絵 春のトランペット ☆★
85 下田喜久美詩集 方振寧・絵 ルビーの空気をすいました ☆
86 野呂昶詩集 方振寧・絵 銀の矢ふれふれ ★
87 ちよはらまちこ詩集 ちよはらまちこ・絵 パリパリサラダ ★
88 秋原秀夫詩集 徳田徳志芸・絵 地球のうた ☆★
89 中島あやこ詩集 井上緑・絵 もうひとつの部屋 ★
90 藤川こうのすけ詩集 葉祥明・絵 こころインデックス ☆

✼サトウハチロー賞
三木露風賞
♤福井県すいせん図書
✢毎日童謡賞
♠奈良県教育研究会すいせん図書
北海道選定図書　三越左千夫少年詩賞
静岡県すいせん図書
◎学校図書館ブッククラブ選定図書

…ジュニアポエムシリーズ…

91 新井 和詩集　高田 三郎・絵　おばあちゃんの手紙 ☆★
92 はなわたえこ詩集　えばとかつこ・絵　みずたまりのへんじ ★●
93 柏木恵美子詩集　武田 淑子・絵　花のなかの先生 ☆
94 中原千津子詩集　寺内 直美・絵　鳩への手紙 ★
95 高瀬美代子詩集　小倉 玲子・絵　仲なおり ★
96 杉本深由起詩集　若山 憲・絵　トマトのきぶん ☆★◎ 児文芸新人賞
97 宍倉さとし詩集　守下さおり・絵　海は青いとはかぎらない ♧
98 石井 英行詩集　有賀 忍・絵　おじいちゃんの友だち ■
99 なかのひろ詩集　アサト・シェラ・絵　とうさんのラブレター ☆★
100 小松 静江詩集　藤川 秀之・絵　古自転車のバットマン
101 石原 一輝詩集　加藤 真夢・絵　空になりたい ☆❖★
102 小泉 周二詩集　西 真里子・絵　誕生日の朝 ☆■★
103 くすのきしげのり童謡　わたなべあきお・絵　いちにのさんかんび ☆★
104 成本 和子詩集　小倉 玲子・絵　生まれておいで ☆★❖ ♡♧
105 伊藤 政弘詩集　小倉 玲子・絵　心のかたちをした化石 ★
106 川崎 洋子詩集　井戸 妙子・絵　ハンカチの木 □★☆
107 柘植 愛子詩集　油野 誠一・絵　はずかしがりやのコジュケイ ❖
108 新谷智恵子詩集　葉 祥明・絵　風をください ☆⟐☼ ●♡✣
109 金親 尚子詩集　牧 進・絵　あたたかな大地 ☆
110 黒柳 啓子詩集　吉田 翠・絵　父ちゃんの足音 ☆★ ♡□
111 富田 栄子詩集　油野 誠一・絵　にんじん笛 ♡☆
112 原 国子詩集　高畠 純・絵　ゆうべのうちに ☆
113 宇部 京子詩集　スズキコージ・絵　よいお天気の日に ○□● ☆◇★
114 武鹿 悦子詩集　牧野 鈴子・絵　お花見 ☆□
115 山本なおこ詩集　梅田 俊作・絵　さりさりと雪の降る日 ☆★
116 小林比呂古詩集　おおた慶文・絵　ねこのみち ☆
117 後藤れい子詩集　渡辺あきお・絵　どろんこアイスクリーム ☆
118 重清 良吉詩集　高田 三郎・絵　草の上 ☆□❀ ◆★
119 宮中 雲子詩集　西 真里子・絵　どんな音がするでしょか ✼★
120 前山 敬子詩集　若山 憲・絵　のんびりくらげ ☆★
121 川端 律子詩集　若山 憲・絵　地球の星の上で ♡
122 たかはしけいこ詩集　織茂 恭子・絵　とうちゃん ♡❀♣ ★
123 宮田 滋子詩集　深澤 邦朗・絵　星の家族 ☆●
124 国沢たまき詩集　唐沢 静・絵　新しい空がある
125 池田あきつ詩集　小倉 玲子・絵　かえるの国 ★
126 黒田 恵子詩集　倉島千賀子・絵　ボクのすきなおばあちゃん ☆★♡
127 垣内 磯子詩集　宮崎 照代・絵　よなかのしまうまバス ☆♡★
128 小泉 周二詩集　佐藤 平八・絵　太陽へ ❀★● ☆♡
129 中島 和子詩集　秋里 信子・絵　青い地球としゃぼんだま ☆★
130 のろさかん詩集　福島一二三・絵　天のたて琴 ☆
131 加藤 丈夫詩集　葉 祥明・絵　ただ今受信中 ☆★
132 北原 悠子詩集　深沢 紅子・絵　あなたがいるから ♡
133 池田もと子詩集　小倉 玲子・絵　おんぷになって ♡
134 鈴木 初江詩集　吉田 翠・絵　はねだしの百合 ★
135 垣内 磯子詩集　今井 俊・絵　かなしいときには ★

…ジュニアポエムシリーズ…

136 秋葉てる代詩集 やなせたかし・絵 おかしのすきな魔法使い ❀●★
137 青戸かいち詩集 永田萠・絵 小さなさようなら ❀★
138 柏木恵美子詩集 高田三郎・絵 雨のシロホン ♡★
139 藤井則行詩集 阿見みどり・絵 春だから ♡★◎
140 黒田勲子詩集 山中冬二・絵 いのちのみちを
141 南郷芳明詩集 的場豊子・絵 花時計
142 やなせたかし詩集 やなせたかし・絵 生きているってふしぎだな
143 内田麟太郎詩集 斎藤隆夫・絵 うみがわらっている
144 しまざきふみ詩集 島崎奈緒・絵 こねこのゆめ ♡
145 糸永えつこ詩集 武井武雄・絵 ふしぎの部屋から ♡
146 石坂きみこ詩集 鈴木英二・絵 風の中へ ♡
147 坂本のこ詩集 坂本こう・絵 ぼくの居場所 ♡
148 島村木綿子詩集 島村木綿子・絵 森のたまご ❀
149 楠木しげお詩集 わたせせいぞう・絵 まみちゃんのネコ ★
150 牛尾良子詩集 上矢津・絵 おかあさんの気持ち ♡

151 三越左千夫詩集 阿見みどり・絵 せかいでいちばん大きなかがみ ★
152 水村三千夫詩集 高見八重子・絵 月と子ねずみ
153 川越文子詩集 横松桃子・絵 ぼくの一歩ふしぎだね ★
154 すずきゆかり詩集 葉祥明・絵 まっすぐ空へ
155 西田純詩集 葉祥明・絵 木の声水の声
156 清野倭文子詩集 水科舞・絵 ちいさな秘《ひ》密《みっ》
157 川奈静詩集 直江みちる・絵 浜ひるがおはパラボラアンテナ ★◎
158 若木良水詩集 西真里子・絵 光と風の中で
159 牧陽子詩集 渡辺あきお・絵 ねこの詩 ★◎
160 宮田滋子詩集 阿見みどり・絵 愛一輪 ★◎
161 井上灯美子詩集 唐沢静・絵 ことばのくさり ☆●
162 滝波万理子詩集 滝波裕子・絵 みんな王《おう》様《さま》 ★●
163 冨岡みち詩集 関口コオ・絵 かぞえられへんせんぞさん ★
164 垣内磯子詩集 辻恵子・切り絵 緑色のライオン ★◎
165 すぎもとれいこ詩集 平井辰夫・絵 ちょっといいことあったとき ★

166 岡田喜代子詩集 おぐらひろかず・絵 千年の音 ★☆◎
167 川奈静詩集 直江みちる・絵 ひもの屋さんの空 ★◎☆♥♡
168 鶴岡千代子詩集 武田淑子・絵 白い花火 ★☆
169 井上灯美子詩集 唐沢静・絵 ちいさい空をノックノック ★◎☆
170 尾崎杏子詩集 ひなた山すじゅう郎・絵 海辺のほいくえん ☆♡★◎
171 柘植愛子詩集 やなせたかし・絵 たんぽぽ線路 ☆♡★◎●
172 小林比呂古詩集 うめざわのりお・絵 横須賀スケッチ ☆★◎♡
173 林佐知子詩集 串田敦子・絵 きょうという日 ☆★◎♡
174 後藤基宗子詩集 岡澤由紀子・絵 風とあくしゅ ☆♥★◎♡
175 土屋律子詩集 高瀬のぶえ・絵 るすばんカレー ☆♡★◎
176 三輪アイ子詩集 深沢邦朗・絵 かたぐるましてよ ★☆♡
177 田辺瑞美子詩集 西真里子・絵 地球賛歌 ☆★◎
178 高瀬美代子詩集 小倉玲子・絵 オカリナを吹く少女 ☆♡
179 中野惠子詩集 串田敦子・絵 コロポックルでておいで
180 松井節子詩集 阿見みどり・絵 風が遊びにきている